Un personnage de Thierry Courtin
Couleurs : Sophie Courtin

Loi n° 49-956 du 16 juillet 1949
sur les publications destinées à la jeunesse.
© Éditions Nathan (Paris-France), 1998
ISBN : 978-2-09-202036-4
N° d'éditeur : 10183285
Dépôt légal : janvier 2012
Imprimé en Italie

T'choupi
fait une cabane

Illustrations
de Thierry Courtin

– Maman, tu viens jouer
avec moi.
Mais maman est en train
de travailler.
– Je n'ai pas le temps,
T'choupi. Demande à papa.

– Papa, je ne sais pas quoi faire. Tu veux bien jouer avec moi ?
– D'accord T'choupi, mais pas tout de suite. Je finis d'arroser.

– Je m'ennuie, dit T'choupi. C'est trop long d'attendre. Et puis, personne ne veut jouer.

Alors, T'choupi a une idée.
– Viens Doudou, j'en ai
assez. On va faire
une cabane tous les deux
et on va bien s'amuser.

– De quoi on a besoin ?
Je prends mes petites
voitures et mon livre
préféré. Et puis, mon camion
pour tout transporter.

– Et voilà ! Elle est
chouette cette cabane.
Et en plus c'est
une super cachette.
Ne fais pas de bruit,
Doudou.

– Doudou, toi tu te mets là.
Je vais raconter une histoire,
rien que pour toi.
Et T'choupi parle tout bas
pour qu'on ne l'entende pas.

Papa et maman cherchent
T'choupi partout.
– T'choupi, où es-tu
passé ? C'est l'heure
du goûter.

Tout à coup, le vent
soulève le drap.
– Ouh ! là ! là ! s'écrie
T'choupi, la cabane
s'envole. Je vais mettre
un caillou dessus.
– Ah ! Te voilà T'choupi.
Tu t'es bien caché.

– C'est notre maison
à Doudou et à moi.
– Tu nous invites pour
le goûter ? demandent
papa et maman.